Paul Pizzera

DER HIPPOKRATISCHE NEID

Paul Pizzera

DER HIPPOKRATISCHE NEID

Die Kunst der Stunde

Band 1

ueberreuter

4. Auflage 2020

ISBN 978-3-8000-7760-1

Grafische Gestaltung, Satz: Ulrike Rauch, ulrikerauch.at
Autorenfoto: © Ulrike Rauch
Hörbuch Produktion: Martin Mayer, schalltrichter.com
Lektorat: Marina Hofinger
Druck und Bindung: Buch Theiss GmbH, St. Stefan im Lavanttal

www.ueberreuter-sachbuch.at

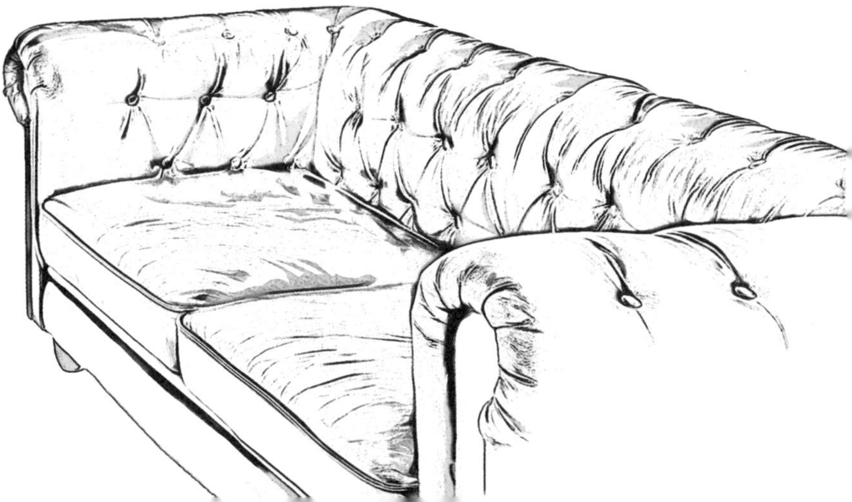

VORWORT

Mein Name ist Paul Pizzera, ich bin knapp über 30 und ich habe Probleme. So wie Sie auch. Jeder Mensch hat Probleme. Manchmal ist es ein Bandscheibenvorfall, manchmal ein schmerzender Backenzahn und manchmal tut einem die Seele weh. Für alle drei Fälle gibt es hierzulande hervorragend ausgebildetes Fachpersonal. Bei psychischem Schmerz um Hilfe zu bitten, stellt aber für einen Großteil der Österreicherinnen und Österreicher eine Schwierigkeit dar. Warum? – Weil wir Angst haben, dass wir „deppert" sein könnten. Wer zum Therapeuten geht, ist „deppert"! Ich sag Ihnen was: Wer nicht hingeht, ist noch viel „depperter"! Stellen Sie sich vor, Sie treffen beim Wandern auf einen Freund, der mit offenem Oberschenkelbruch versucht, den Aufstieg fortzusetzen, weil er sich partout weigert, Hilfe anzunehmen. Sie würden sein Handeln zu Recht als irrational sowie fahrlässig einstufen und wahrscheinlich sogar wütend darüber werden, dass er es vehement ablehnt, sich helfen zu lassen.

Falscher Stolz ist kein guter, aber leider ein steter Begleiter im Leben und niemand ist davor gefeit, ihm zu erliegen. Speziell wenn es um unser Seelenleben geht, lechzen wir geradezu danach, dass alles den Anschein hat, gut zu sein. Oder wie oft hören Sie von einer Ihnen nahestehenden Person auf die Frage „Wie geht's?“ ein mit dem Brustton der Überzeugung gesprochenes „Nicht gut!“? Es ist ein Teufelskreis aus Scham, sich einzugestehen, dass es einem nicht gut geht und Angst, gesellschaftlich ausgegrenzt zu werden, weil es einem nicht gut geht, der uns daran hindert zuzugeben, dass es innendrin nicht so schön aussieht, wie wir es nach außen hin gern suggerieren. Die Seele kann man nicht fotoshoppen und für die Psyche gibt es keine Filter. Aber es gibt Gespräche! Zwei Gründe haben zur Entstehung des folgenden Textes geführt:

Zum einen soll er die Wichtigkeit psychischer Gesundheit unterstreichen und ferner die Angst vor therapeutischen Gesprächen nehmen.

Zum anderen dient der nun folgende fiktive Dialog zwischen dem reaktionären Prolo Pfingstl und seinem intellektuell-zynischen Gegenüber Ihrer Unterhaltung, weil Lachen und Humor zwei ausgezeichnete Beilagen sind, um das Hauptgericht Leben noch mehr genießen zu können. Die Taten und Aussagen der beiden Hauptfiguren sind frei erfunden und erheben weder sozialen noch fachlichen Anspruch auf Richtigkeit.

Dieses Buch beruht nicht auf einer wahren Geschichte, obwohl sehr viel Wahres in ihm geschichtet ist.

**Dieses Buch ist meinen Problemen gewidmet,
damit Sie sich Ihren widmen können.**

Therapeutische Praxis, Dienstag, 16.00 Uhr.
Es klopft.

T: Herein!

P: Pfingstl mein Name, olles gut?

T: Das wäre mein Einstieg gewesen, aber danke!
Läuft! Bei Ihnen?

P: Derf ma do rauchen?

T: Als gäbe es kein Morgen!

P: Sie kommen gleich zur Sache, des taugt ma!

T: So bin ich!

P: I spü mit dem Gedanken, dass i mi hamdrah.

T: Sehr gut, was hindert uns?

P: Die kleine ...

T: ...

P: Warten S‘ bitte kurz, des Feuerzeig geht net gscheit.

T: Ihre Tochter?

P: Sodala. Na, die klane Resthoffnung, die mir das Gefühl gibt, dass doch no olles gut wird.

T: Hoffnung wird überbewertet.
Was ist der Grund, dass Sie so lebensmüde sind?

P: Wo soll i anfangen?

T: Wenn möglich, bitte nicht mit dem Ende, sonst muss ich neu ausweißeln.

P: Mei Frau will die Scheidung.

T: Kein Wunder!

P: Ha?

T: Na ja, Sie wollen sich ja das Leben nehmen. Das lädt nicht gerade zum zwischenmenschlichen Verweilen ein, oder?

P: Na, sie will die Scheidung, weil i sie betrogen hob.

T: Klingt vernünftig!

P: Des is leider wahr. Aber das Problem is gar net, dass ich sie oweghaut hab, sondern mit wem ...

T: Überraschen Sie mich!

P: Mit ihrem Bruder.

T: Hut ab, den hab ich nicht kommen sehen!

P: Sind Sie sicher, dass Sie im richtigen Beruf sind?

T: Mindestens so sicher, wie Sie in der richtigen Beziehung.

P: Ich will sie wirklich nicht verlieren und es war ein einmaliger Auslutscher.

T: Chapeau! Besser kann man einen Freud'schen Versprecher einfach nicht timen.

P: Ihnen ist aber schon klar, dass es ihre Aufgabe ist, mir zu helfen, oder?

T: Sind Sie schon tot?

P: Nein?!?

T: Dann seien Sie ein wenig dankbarer! Vor nicht einmal einer Minute wollten Sie sich noch das Leben nehmen.

P: Ah, i kapier scho. Sie wollen, dass i haas auf Sie bin, damit mir meine Probleme net mehr so schlimm vorkommen. Sie san owa gfeanzt!

T: Ihnen kann man nichts vormachen, eiskalt analysiert!

P: I hab a Gspür für so was, immer scho ghabt.

T: Würden Sie sich als empathischen Menschen bezeichnen?

P: Mhm. Also, wenn's passt halt.

T: Würden Sie sich als einfühlsamen Menschen bezeichnen?

P: Total! Also die anderen sagen mir des oft. Des kann i!

T: Vielleicht sogar etwas zu einfühlsam, wenn's nach dem Geschmack Ihrer Frau geht?

P: Wegen ihrem depperten Bruder, wah! Die is felsenfest davon überzeugt, dass sie sich jetzt scheiden lasst von mir. Können Sie sich des vorstellen?

T: Bei Ehebruch mit einem Blutsverwandten reagieren Frauen oft etwas übersensibel. Liegt wahrscheinlich im Naturell.

P: Was haast do Ehebruch? Des war a Unfall, a Versehen, wos waas i!?
I bin jo ka Warmer!

T: Sind Sie bisexuell?

P: Na! I steh auf Frauen. Nur auf Frauen! I bin ganz normal!

T: Da muss ich sowohl aus menschlicher als auch aus fachlicher Sicht vehement protestieren!

P: Sie verstehen des alles net, die ganze Sache is wahnsinnig kompliziert.

T: Ich werde mein Menschenmöglichstes tun, um Ihnen auf dieser Reise inhaltlich zu folgen.

P: Wenn ich's Ihnen erzähl, glauben Sie es ja eh net.

T: Probieren wir es doch, hätte ich gesagt. Aber vorher würde ich noch gern das Finanzielle mit Ihnen klären.

P: Es stimmt also wirklich, wos ma über euch Seelenklempner sagt.

T: Was sagt man denn über uns „Seelenklempner"?

P: Die Probleme der Menschen gehen euch original am Arsch vorbei! Euch interessiert nur, ob die Marie passt. Ihr nehmts uns aus, wie die Erste Welt die Dritte und dann machts eich a no lustig über unsere Probleme! Ihr machts des olles nur wegen dem Geld!

T: Das stimmt doch nicht.

P: Ah, net?

T: Nein, wir machen es wegen des Geldes.

P: ...

T: Pfingstl war das? Richtig?

P: Ja, Pfingstl!

T: Herr Pfingstl, Sie kommen zu mir in die Praxis und erzählen mir nassforsch, dass Sie gewillt sind, sich in den Freitod zu stürzen. Obgleich ich davon ausgehe, dass Ihre Androhung von einer überschaubaren Seriosität getragen ist, bitte ich Sie innigst um Verzeihung, dass ich Ihnen nach dieser Aussage keinen Erlagschein mitgebe! Diese Prozedur der Geldabwicklung erschien mir in Anbetracht der genannten Umstände doch etwas unsicher.

P: Des war ja nur so dahergesagt! I bin anfoch verzweifelt, weil i sie net verlieren will.

T: Glauben Sie, dass Ihre Frau ohne Sie glücklicher wäre?

P: Na, also jetzt wahrscheinlich schon, weil sie verletzt is, aber ich kann ja wirklich nichts dafür, dass des so glaufen is wie‘s glaufen is. Ihr depperter Bruder is an allem schuld!

T: Das sagten Sie bereits ... Vielleicht erläutern Sie mir, was sich zugetragen hat? Selbst wenn es noch so schwer zu glauben ist, dass ein sexuelles Abenteuer mit dem Schwager jedweder Schuld Ihrerseits entbehrt.

P: Na gut, es is a so: Ab und zu, wenn mir die Arbeit wieder amal zu viel wird und daham a ka gute Stimmung aufkummt, brauch i a bissl a Auszeit. Anfoch a bissl Zeit für mi.

T: Klingt vernünftig. Sauna? Kegeln? Fußballplatz?

P: Puff!

T: Sauber.

P: Ja, i brauch des. Die Atmosphäre dort. Des Verschlagene. Die Anonymität.

T: Ist es noch anonym, wenn Sie dort öfter hingehen?

P: Sie wissen, was i man!

T: Und die Prostitution?

P: Na, nix!

T: Wie, nein, nix?

P: Ja, nix. I steh dort an der Bar, aber i hob no nie. Sie wissen schon.

T: Eine Prostituierte mit aufs Zimmer genommen?

P: Genau!

T: Einen Prostituierten?

P: Na! So was gibts gar net!

T: Und wie es die gibt.

P: I hob no kan gsehn.

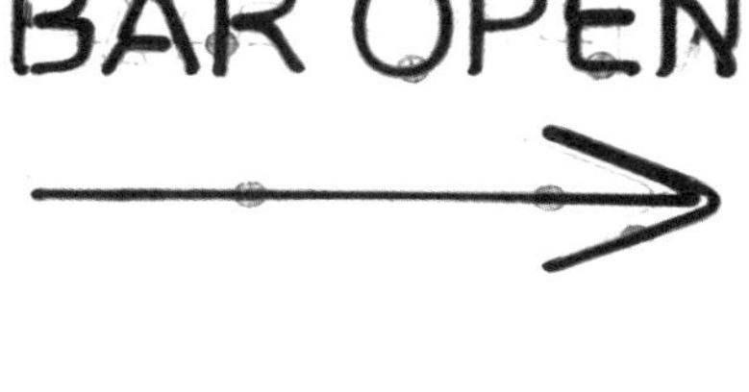

T: Wer suchet, der findet.

P: Ha?

T: Pardon, bitte fahren Sie fort.

P: Ja, also i tauch dort anfoch in so a angenehmes Gefühl der Belanglosigkeit ein, des mi irgendwie warmhaltet. Wissen S', i fühl mi dort wie in an Sumpf, also in an schönen Sumpf, wo si Strizzis, Ehebrecher und Depperte die Klinken in die Hand drucken, und des olles in dem rauchigen Dunst des Unterweltlerischen, der si vor meine Sorgen schiebt. I steh dort anfoch an der Bar wie a Einrichtungsgegenstand und schau dem Treiben zu. Anfoch a Zaungast, der si wohlfühlt in seiner Rolle. Verstehn S' mi net falsch, i bin ka Spechtler oder so. I steh dort anfoch und inhalier diese Atmosphäre des Verbotenen. Wie a neutraler Fußballfan: I freu mi anfoch auf a schens Spiel. Dass i dort steh, reicht ma und i kann mi kurz fallen lassen, i sein und anfoch genießen, dass i Teil von was bin, des i net versteh. Und a net verstehen muss.

T: Ich bin beeindruckt.

P: Ha?

T: Ich bin beeindruckt von Ihnen, Herr Pfingstl.

P: Warum?

T: Wenn ich‘s nicht besser wüsste, würde ich meinen, dass sich Charles Bukowski heute zu mir in Therapie begeben hat.

P: Tuat ma lad, aber der sagt ma nix.

T: Ich kann Sie beruhigen, Sie ihm auch nicht.

P: Ja, jedenfalls bin i dann dort in meiner Blase, stell ma meine Stutzen eine und ...

T: Bitte was?

P: Ha?

T: Was nehmen Sie dort zu sich?

P: Meine Stutzen!

T: Da ich bezweifle, dass Sie in einem Freudenhaus eine Vielzahl an Wadenstrümpfen konsumieren, wäre ich über eine Erläuterung dieses Idioms nicht undankbar.

P: ...

T: Was sind Stutzen?

P: Sie wissen net, wos a Stutzen is?

T: Was hat mich verraten? Meine Frage „Was sind Stutzen?“

P: Bier! Was sonst?

T: Puh, darauf wäre ich jetzt nie gekommen. Woher rührt diese Metapher?

P: Sie haben einen Doktor in Psychologie?

T: Sowie in Sozialpädagogik!

P: Do schau her ... und trotzdem wissen Sie nicht, was ein Stutzen is?

T: Wahrscheinlich eben deshalb.

P: Es gibt mehrere Erklärungsansätze.

T: Warum hab ich nur gefragt?

P: Sozusagen mehrere Schulen: Ein möglicher Ursprung von Stutzen ist das formschöne Bild, das sich ergibt, wenn man ein Bier gekonnt in ein Glas einschenkt und sich die schneeweiße Schaumkrone vom güldenen Saft in einem Verhältnis von zirka eins zu fünf abhebt. Die klare farbliche Trennung von Schaum und Flüssigkeit erinnert mitsamt den Glas an einen zweifärbigen Fußballstutzen am Wadl, der unter dem Knie umgestülpt ist.

T: DEM!

P: Ha?

T: Mitsamt DEM Glas!

P: Genau! Der zweite Ansatz kommt aus der Automobilbranche, genauer gesagt geht es um den Tankvorgang des Vehikels, wobei man ...

T: Danke, ich glaube, dass ich ab hier allein weiterfinde! Sie genießen also Ihre Stutzen an der Bar und ...

P: Und bin selig! Ich trinke, bis ich genug habe, und dann gehe ich wieder heim. Und wenn ich mehr als genug habe, ruf ich mir ein Taxi.

T: Weiß Ihre Frau, dass Sie ins Bordell gehen?

P: I geh net ins Bordell!

T: ...

P: Also schon ja, aber des hört sich so an, als würde ich dorthin gehen, damit i dort pu ... Geschlechtsverkehr hab.

T: Aber dem ist nicht so?

P: Nein, dem ist nicht so!

T: Warum erzählen Sie dann nicht Ihrer Frau, dass Sie sich zwar geografisch, aber durchaus moralisch korrekt ins Bordell begeben?

P: Wahrscheinlich, weil sie ähnlich reagieren würde wie Sie und mir nicht glauben würde, dass ich dort nur zum Biertrinken bin und keinen Sex mit Prostituierten habe.

T: Prost ja, Prostituierte nein?

P: So is es!

T: Wie ist der Sex mit Ihrer Frau, Herr Pfingstl?

P: Die anen sogen so, die andern sogen so.

T: ...

P: Kommen S‘, der is gut!?

T: Hat ihre Frau Sie schon einmal betrogen?

P: Mi? Die Lisl? Mi? Na, da leg i mei Hand ins Feuer. Die Lisl würd mi niemals nie betrügen. Die is net so. Aber net, weil i so a großartiger Fang bin, sondern weil sie wirklich ein Mensch mit Werten und Anstand is, der das Herz am rechten Fleck hat. Sie würde so was nicht machen, weil sie sich selbst damit am meisten verletzen würd.

T: Und Sie?

P: Ha?

T: Sind Sie schon einmal fremdgegangen?

P: Wos haast fremdgehen? Sie hat eh olle kennt.

T: Puh, langsam glaube ich, dass die Liaison mit dem Bruder von Ihrer Lisl nicht der einzige Grund für den Scheidungswunsch Ihrer Frau ist.

P: Entschuldigung, aber ich tu mir mit solchen Themen einfach sehr schwer.

T: Was sind solche Themen für Sie?

P: Na ja, olles, wo es um Gefühle, Sex und des ganze Zeugs geht. Da tu ich mir nicht so leicht.

T: Was glauben Sie, woher das rührt?

P: Das rührt daher, dass man solche Sachen mit sich selbst ausmachen muss und es eigentlich keinen anderen was angeht, was im Herzerl oder in die Hoden von am Mann so vor sich geht.

T: In DEN Hoden, Herr Pfingstl, und ich empfehle Ihnen dringlichst, einen Termin bei einem Kardio- sowie Urologen zu arrangieren.

P: Sie wissen ganz genau, was ich meine!

T: Herr Pfingstl, wenn Ihnen das Knie wehtut, gehen Sie zum Arzt, oder?

P: Wenn‘s schlimm is, schon, ja.

T: Warum also nicht, wenn Ihnen das Herz weh tut?

P: Wo sitz i denn grad?

T: Sie müssen mir etwas geben, mit dem wir gemeinsam arbeiten können! Wenn Sie beim Zahnarzt sitzen, weil Sie Schmerzen haben, aber Ihren Mund partout nicht öffnen wollen, kann Ihnen kein Arzt der Welt helfen.
Erzählen Sie mir doch, wie Sie den Sex mit Ihrer Frau empfinden. Ist er lediglich befriedigend?
Ist er leidenschaftlich? Ist er mal so und mal …

P: Ich bin hier, damit sich meine Frau nicht von mir scheiden lasst und net, um mit Ihnen darüber zu diskutieren, warum die Lisl und ich seit zwei Jahren net mehr miteinander geschlafen haben!

T: …

P: War das offen genug?

T: Das war sehr gut, Herr Pfingstl.
Viele von uns, mich eingeschlossen, kostet es ein enormes Maß an Überwindung, das Unangenehme, das Dunkle, also anders gesagt, das was uns wehtut, an- und vor allen Dingen auszusprechen. Der Irrglaube, der uns diesbezüglich oft stagnieren lässt, ist jener, dass wir denken, dass es, solange wir dem Monster keinen Namen geben, auch kein Monster gibt. Doch richtig ist vielmehr, dass es, wenn wir dem Monster einen Namen geben, es kein Monster mehr ist. Ein Monster mit Namen ist greif- und überdies angreifbarer als ein verdrängter, anonymer Feind, dessen Existenz wir leugnen, indem wir ihn ignorieren.

P: ... Hat wos ... Das leuchtet ein.

T: Das freut mich zu hören. Sie sagen, dass Ihre Frau und Sie eine längere sexuelle Durststrecke durchlaufen. Das ist nichts Ungewöhnliches. Viele Paare distanzieren sich sukzessive körperlich voneinander, aufgrund diversester Ursachen.

P: Is des so?

T: Ja, dem ist so.

P: Und was san des für Ursachen?

T: Die Ohnmacht der Gewohnheit ist wohl der häufigste Grund, warum sich der Beischlaf peu à peu reduziert. Man weiß, was passiert, wenn es passiert und somit geht der Reiz verloren, weil es vermeintlich nichts mehr zu entdecken gibt. Dazu kommen der Alltag, die Mühen des Alterns und öfter, als Sie es wahrscheinlich für möglich halten, eine sexuelle Neuorientierung eines oder – wenn auch seltener – beider Partner.

P: Ich hab mich sexuell nicht neu orientiert!

T: Dann erklären Sie mir, warum Ihre einzige sexuelle Handlung mit einer anderen Person in den letzten beiden Jahren mit einem Mann stattgefunden hat.

P: Das war nicht so, wie Sie denken! Das war ein abgekartetes Spiel!

T: Wichtig ist nicht, was ich denke, Herr Pfingstl, sondern was Ihre Frau denkt, oder?

P: Ja, die denkt eh viel zu viel.

T: Was denkt sie denn in Ihren Augen zu viel?

P: Dass ich zu wenig offen bin, sagt sie immer. Dass ich nicht mit ihr, sondern zu ihr spreche. Dass ich keine Schwächen, Ängste und Unsicherheiten zeigen kann und will. Solche Sachen, die Frauen eben sagen.

T: Meinen Sie, dass sie Recht hat, mit dem, was sie sagt?

P: Ich meine, dass jemand, der treu ist und ehrlich und loyal und sich von morgens bis abends den Arsch aufreißt, damit er seiner Frau ein schönes Leben ermöglichen kann ...

T: ... es nicht verdient hat, dafür von ihrem Bruder auch noch den Arsch aufgerissen zu bekommen?

P: Wenn's net so traurig wäre, würde ich jetzt eh lachen.

T: Herr Pfingstl, wenn sich Ihre Frau wünscht, dass Sie sich ihr gegenüber mehr öffnen, dann wünscht sie sich das deshalb, weil sie mit Ihnen an Ihren Problemen arbeiten möchte. Sie sieht eine gemeinsame Zukunft mit Ihnen und möchte Sie und Ihre Unzulänglichkeiten besser verstehen, damit Sie beide näher zueinanderfinden.

P: Warum sollte ich mit meiner Frau über meine Mankos sprechen? Eine Frau will einen starken Mann, der selbstbewusst und gerade durchs Leben geht, ohne zu straucheln.

T: Ihr Selbstbild in allen Ehren, Herr Pfingstl, aber kein Mann auf dieser Welt schreitet erhobenen Hauptes und im faltenfreien Armani-Dreiteiler durch das Minenfeld des menschlichen Daseins. Vielmehr kriechen sie auf allen Vieren mit schütterem Haupthaar und Thrombose-Strumpfhose von einem Fiasko ins nächste, in der Hoffnung, ihren mit materiellem Wunschdenken, falsch gelebter Maskulinität und hoffnungsloser sexueller Selbstüberschätzung gepackten Rucksack durch den Treibsand des Alterns in die sicheren Gefilde der Frühpension zu retten. Dort angekommen, lauern aber schon Alkheimer und

Alzheimer, die Zwillings-Türsteher vor der Pforte zum wohlverdienten Lebensabend, die Ihnen die letzten verbliebenen Sonnenstrahlen aus dem Leib prügeln, weil Sie zeitlebens gedacht haben, dass die Menschen um Sie herum nicht sehen, was sie an Ihnen haben. Dabei hatten Sie schlichtweg nicht, was die Menschen in Ihnen sahen.

P: …

T: Verstehen Sie, worauf ich hinauswill?

P: …

T: Herr Pfingstl?

P: Mein Haupthaar ist dicht wie ein U-Boot und woher wissen Sie überhaupt, dass ich Kompressionsstrümpfe trage?

T: Ungeachtet dessen, dass Sie jetzt zum wiederholten Male jegliche tiefere Ebene meiner Aussagen ignoriert haben, was die Möglichkeit, etwas an Ihrer Situation zu ändern, wieder weit in die Ferne gerückt hat, lasse ich Sie gerne wissen, dass Ihr Toupet den Eindruck erweckt, als hätten Sie versucht, mittels Schuhpasta ein kippaähnliches Etwas auf ihr Scheitelbein zu modellieren, und was Ihre „Stutzen" betrifft, Herr Pfingstl, meine ich, dass ich Sie, wie es der Zufall will, schon einmal mit Selbigen auf einem Liegeergometer in meinem Fitnessstudio gesehen habe!

P: Um das geht's jetzt nicht!

T: Schau einer an, wir sind einer Meinung!

P: Sie meinen also, dass es einen Mann nicht automatisch unattraktiver für seine Partnerin macht, wenn er einmal Schwäche zeigt?

T: Es ist unendlich viel mehr als das, Herr Pfingstl! Wenn einem der Partner offen Schwäche zeigt, ist das gelebtes Vertrauen. Vertrauen schafft Sicherheit und Sicherheit gebiert Wohlbefinden. Das klingt jetzt vielleicht etwas bizarr, aber oft gibt es nichts Schöneres, als eine Unsicherheit des Partners anvertraut zu bekommen!
Wenn Ihnen Ihre Lisl sagt, dass sie gern die Bestätigung hätte, dass Sie die einzige Frau für Sie ist und dass Sie sie wohl eh noch lieben, bin ich mir sicher,

dass Ihnen das kein schlechtes Gefühl geben würde. Geschweige denn, dass Sie sie als unattraktiver ansehen würden, weil Ihre Partnerin Ihre Wertschätzung braucht, um sich gut zu fühlen. Oft braucht man nun einmal die achtende Anerkennung des Gegenübers und weiß gar nicht warum. Aber das ist ja bei Gott nichts Schlimmes.
Manchmal braucht das Herz so wie der Körper nach dem Sport etwas Zucker, weil es einfach ausgepowert ist. Und wissen Sie, was das Schönste daran ist?

P: …

T: Die vermeintliche Schwäche des Partners, der seine Gefühle offenbart und um eine kurze emotionale Rückversicherung bittet, ist alles andere als schwach. Es ist wahre Größe, die eigenen Unzulänglichkeiten offen darzulegen, und seinem Partner zu sagen: „Ich brauch dich kurz."

P: Aber i bin a Mann!

T: Das darf doch nicht wahr sein!

P: Was denn?

T: Da sitzt er da, wie ein Affe in der Rakete!

P: Ha?

T: Herr Pfingstl, Sie müssen Ihr völlig veraltetes Bild der geschlechtlichen Rollenverteilung endlich über Bord werfen und mit voller Kraft voraus in Richtung 21. Jahrhundert segeln, sonst werden Sie unweigerlich in Ihrer Nussschale im Meer der restriktiven Archaik kentern oder steuern weiter unweigerlich auf die Klippen der Einsamkeit zu, an denen Sie brutal zerschellen werden!

P: I glaub, i brauch amal an Manöverschluck! Haben Sie was Starkes da?

T: In meiner Praxis ist der Genuss von Alkohol untersagt!

P: Ja, dann schiaß ma halt a Stamperl! Muss ja kan Spaß machen!

T: Sie sind nicht konfliktscheu Herr Pfingstl, Sie sind nahezu konfliktunfähig!

P: Des stimmt net!

T: Wollen Sie Ihre Frau nun zurückgewinnen oder nicht?

P: Ja, sicher!

T: Dann helfen Sie mir, Ihnen zu helfen.

P: Und wie?

T: Wenn Sie mir sagen, warum Sie mit ihr nicht über persönliche Probleme sprechen wollen, wäre das zumindest ein Anfang. Und bitte erklären Sie mir nicht, dass das damit zu tun hat, dass Sie einen Penis besitzen.

P: Okay, okay. Es is, wie soll i sagen ... Es hat, glaub i, was mit Angst vorm Verlust zu tun.

T: Ja? Inwiefern?

P: Na ja, i seh des so: Wenn i ihr sog, dass i so und so fühle oder Angst hab um des und des ...

T: Weiter, Sie machen das gut!

P: Dann zeig i ihr doch womöglich a Schwäche, die sie sonst gar net gsehn hätt, oder die ihr net aufgfallen wär. Und somit mach i sie auf des überhaupt erst aufmerksam.
Das heißt, zum einen weiß sie jetzt, dass i net immer souverän bin und über den Dingen steh, und zum anderen mach i mi angreifbar, weil sie jetzt ja weiß, dass mi des beschäftigt, und des könnt sie ja dann zu gegebenem Zeitpunkt gegen mi vawenden. Verstehen Sie?

T: Ich verstehe gut, Herr Pfingstl. Und ich finde, dass das gerade sehr gut von Ihnen war!

P: Geh hean S‘ auf!

T: Das heißt nicht, dass das richtig ist, was Sie sagen!

P: Ah, net?

T: Nein, Herr Pfingstl, ganz im Gegenteil.

P: Geh, schleich di!

T: Aber wir können mit dem von Ihnen Gesagten sehr gut arbeiten.

P: Na, siegst as!

T: Zunächst mal, glauben Sie mir, egal welche Schwächen Sie auch versuchen vor Ihrer Frau geheim zu halten, Ihre Frau denkt mit Sicherheit nicht, dass Sie souverän über allen Dingen stehen!

P: Warum net?

T: Weil niemand souverän über allen Dingen steht, Herr Pfingstl! Nobody‘s perfect and those who pretend, die alone in the end.

P: Yes, yes, I fink so too! Aber wo soll mei Lisl bitte glauben, dass i net souverän bin, bitte?

T: Tja, das kann bei einer harmlosen th-Schwäche im Englischen beginnen und sich bis zu einem triftigeren sexuellen Versagen im Schlafzimmer erstrecken.

P: Wos haast do Schlafzimmer? I hab no nie ... net im Schlafzimmer ... also, wenn i ... Na!

T: Herr Pfingstl, jeder Mann „versagt“ einmal im Schlafzimmer. Glauben Sie mir, ich spreche aus Erfahrung. Das ist völlig menschlich und normal.

P: ...

T: Auch Sie, Herr Pfingstl! Lassen Sie es zu!

P: …

T: Herr …

P: Jahaaaaaaaaaaaaa, kann schon sein, dass es einmal net so gelaufen ist wie sonst. Aber des war …

T: Eine nie wiederkehrende Ausnahme, schon verstanden! Aber Sie sehen doch, dass Ihnen jetzt kein Zacken aus der Krone gebrochen ist, oder? Jeder Mann versagt einmal in der Horizontalen und bringt nicht die Leistung, die er gerne abgerufen hätte. Verstehen Sie? Da ist nichts dabei, oder?

P: Eh net, sog i jo eh immer! Da kannst als normaler Mann nicht mithalten, oder?

T: Jetzt kann ich Ihnen nicht folgen.

P: Na ja, Wichsfilme halt, was da so passiert, is ja net normal und körperlich völlig unrealistisch.

T: Pornografie kann eine sehr schöne Ergänzung zum Sex mit dem Partner sein, sofern man dieselben Vorlieben für Genres teilt und als erregend befindet.

P: I mach des eher allein.

T: Ja, Sie erwähnten, dass Sie seit zwei Jahren sexuell nicht mehr aktiv waren mit Ihrer Lisl.

P: Exakt und genau deswegen kommt jetzt vor dem Schlafengehen auch immer regelmäßig das Handmännchen vorbei.

T: Pardon?

P: Das Handmännchen kommt vorbei.

T: Wow.

P: Unfairer Kampf – fünf gegen einen.

T: Ich bitte Sie gnädigst, hören Sie auf!

P: Ich spiele Mütze–Glatze–Mütze–Glatze–Mü …

T: Ich habe verstanden, Herr Pfingstl! Sie onanieren vor dem Einschlafen und dazu schauen Sie Pornos und sind mit der unrealistischen Darstellung von Penisgröße und sexueller Leistung überfordert.

P: Was heißt überfordert? Des is zum Zuwerean! Vor Kurzem hab i an angschaut und bin erst nach aner Viertelstund draufkommen, dass der Hauptdarsteller ka zweites Bein hat!

T: Herr Pfingstl, sowas dürfen Sie doch nicht so ernst nehmen!

P: Des macht mir aber Angst, wenn sowas von einem erwartet wird, als normaler Mann. Na dann, gute Nacht!

T: Wenn es Ihnen hilft: Die Häuser und Anwesen, in denen diese Filme spielen, sind ebenso wenig Eigentum der Darsteller wie die vorgelebte sexuelle Leistung für einen normalen Menschen erbringbar ist.

P: Das hilft.

T: Na, bitte!
Ich glaube, dass Sie – wie viele andere Männer – den Druck, den falsche Männlichkeitsbilder auf Sie ausüben, viel zu stark auf Ihren Schultern spüren und anstatt sich selbst zu akzeptieren wie Sie sind, – mit all Ihren Unzulänglichkeiten und Fehlern, die Sie bei Eingeständnis der selbigen in keinster Weise weniger männlich erstrahlen lassen, – einen schützenden Kokon entwickelt haben, der ein Hinschauen auf das – was in Ihren Augen unmännlich oder mangelhaft ist – unmöglich macht! Damit hindern Sie aber Ihre Frau daran, Sie besser zu verstehen, geschweige denn für Sie da zu sein. Aber ein liebender Mensch will für die geliebte Person da sein, ja er lechzt förmlich danach, dem anderen etwas Gutes zu tun.
Es stärkt das Band einer jeden Partnerschaft, wenn das Gegenüber Schwäche eingesteht und sich helfen lässt.
Haben Sie sich schon einmal besser gefühlt, wenn Ihre Frau Sie um Hilfe gebeten hat?

P: ...

T: Mit Sicherheit, ja!
Jeder Mensch will gebraucht werden.
Und was gibt es Schöneres, als von dem Menschen, den man liebt, gebraucht zu werden? Aber wenn das Gegenüber nie um Hilfe bittet, ja sogar vielmehr alles dafür tut, um selbige zu vermeiden, fühlt man sich als Liebender irgendwann obsolet, austauschbar und im schlimmsten Fall sogar unnütz.
Ertränken Sie Ihren Drang nach Souveränität nicht in falsch gelebter Selbstständigkeit und geben Sie Ihrer

Frau die Chance, dass Sie sie brauchen. Geben Sie sich die Chance, dass Sie sie brauchen!

P: Aber was is, wenn sie mi dann trotzdem verlasst?

T: Ich möchte Ihnen eine Geschichte erzählen, Herr Pfingstl.

P: Na seawas.

T: Und zwar eine Geschichte über meinen Großvater. Mein Großvater ist 84 Jahre alt und seit 19 Jahren Witwer. Als meine Oma starb, hat er sich geschworen, dass er bis an sein Lebensende allein bleiben wird, um ihre gemeinsame Liebe und Zeit zu ehren. Jeden Dienstag hat er seinen Jour fixe im örtlichen Kirchenwirt und pflegt dort mit seinen „Kameraden", wie er sie nennt, um Geld zu schnapsen.

P: Recht hat er, es geht nix über a gutes Bummerl! Weich- oder Scharfschnapsen? Beim Scharfschnapsen sagt ma an Zwanzger nämlich immer mitn König ...

T: Herr Pfingstl!

P: Entschuldigung.

T: Danke!
Vor etwa einem halben Jahr gab er in der eben erwähnten Runde bekannt, dass er sich nun, nach 19 Jahren der romantischen Einsamkeit, wieder vorstellen könne, eine Frau an seiner Seite zu haben. Ist doch rührend, oder? Woraufhin der Inhaber des Kirchenwirts ihn dazu anhielt, doch am nahegelegenen

Friedhof nach möglichen Kandidatinnen Ausschau zu halten.

P: Was is'n des für ein Oasch?

T: Nein, Herr Pfingstl, er hat meinem Großvater keine Nekrophilie unterstellt, ganz im Gegenteil! Aber mir hat sich der gut gemeinte Rat anfangs auch nicht gänzlich erschlossen.

P: Siegst as!

T: Die Quintessenz seiner Anregung war, dass mein Großvater am Friedhof Ausschau nach älteren Frauen halten sollte, die, so wie er, allein an einem Grab stehen oder eben dieses pflegen.

P: Warum?

T: Weil die Wahrscheinlichkeit sehr groß ist, dass diese Damen eben auch ihren Partner verloren haben und vielleicht, genau wie mein Großvater, wieder bereit wären, einen neuen Menschen in ihr Leben zu lassen.

P: Des is ja genial!

T: Zweifelsfrei eine gute Idee!

P: Des haast, dass der Friedhof eine Art Pensionisten-Tinder ist.

T: Vereinfacht ausgedrückt: Ja. Aber die Geschichte ist noch nicht vorbei.

P: Ah, net?

T: Nein. Meinem Großvater gefiel der Vorschlag und so machte er sich auf und sprach eine alleinstehende Frau neben einem Grab an und kam auch prompt mit ihr ins Gespräch. Sie unterhielten sich über ihre verstorbenen Partner, die mangelhaften Deutschkenntnisse des immigrierten Pfarrers und wie schrecklich primitiv die Dienstags-Herrenrunde beim Kirchenwirt nicht sei.
Mein Großvater fragte die Frau, ob sie nicht einmal Lust hätte, mit ihm auf einen Kaffee zu gehen, worauf sie ihm prompt ihre Festnetznummer auf ein Stück Stanniolpapier schrieb oder besser gesagt stanzte.
Mein Großvater war glücklich und gleichzeitig ein wenig nervös.
Einerseits ob seines fortgeschrittenen Alters und andererseits, da sein letztes Date, wenn man das so nennen will, stolze 62 Jahre zurücklag.
Aber nichtsdestoweniger rief er drei Tage später seine neu erworbene Bekanntschaft an, um ein Treffen mit ihr zu arrangieren. Als die Frau am anderen Ende der Leitung erkannte, dass es sich bei dem Anrufer um meinen Großvater handelte, dem sie drei Tage zuvor am Friedhof ihre Nummer gegeben hatte, hielt sie ihm eine feurig-wütende Brandrede darüber, wie fahrlässig es von ihm war, sich so lange für seinen Anruf Zeit zu lassen und was in drei Tagen nicht alles passieren könne! In ihrem Alter habe sie keine Zeit zu verlieren und er solle gefälligst auf der Stelle zu ihr nach Hause kommen.
Seit diesem Tag hat mein Großvater wieder eine Freundin und verbringt, bis auf Dienstag, jeden Tag der Woche mit ihr.

P: Das heißt, wenn mei Lisl sich scheiden lasst, soll ich einfach amal auf an Friedhof gehen und hoffen, dass i a Junge irgendwo stehen seh?

T: Sie haben oft Pech beim Denken, oder?

P: Ha?

T: Die Quintessenz dieser Geschichte ist, dass es nie zu spät für Liebe ist, Herr Pfingstl.

P: Ja sagen S' des doch gleich!

T: Ich bin mir allerdings momentan nicht mehr sicher, ob das tatsächlich für alle Individuen auf diesem Planeten zutreffend ist.

P: Ich will aber keine neue Liebe finden, ich will meine alte retten!

T: In Anbetracht Ihrer Persönlichkeit sollten Sie um jeden Menschen, der auch nur einen Funken Liebe für Sie in sich trägt, wie eine Löwin um ihre Jungen kämpfen!

P: Deswegen sitz ich ja da! Ich will, dass die Lisl versteht, dass ich da wirklich nichts dafürkann, wie das olles gelaufen ist, und i bin nach dem Gespräch mit Ihnen wirklich bereit, meine Art ihr gegenüber zu ändern!

T: Sie wissen, Herr Pfingstl, dass eine Therapieeinheit keinen neuen Menschen aus Ihnen macht? Sie müssen weitaus tiefer graben als die Ebene, an der Sie einsehen, dass Sie keineswegs fehlerfrei sind! Was meinen Sie, wie viele Klienten glauben, dass sie es „jetzt“ verstanden haben, „um was es geht“ und munter drauflos dieselben Fehler begehen oder alte Verhaltensmuster beibehalten, die sie schon ihr ganzes Leben lang pflegen? Die Psychotherapie ist kein Drive-in, an dem man den schnellen Hunger mit einer kulinarisch minderwertigen Schluckimpfung bekämpft. Es ist ein langes, durchkomponiertes Galadinner, wo man vom appetitanregenden Gruß aus der Küche bis hin zur magenschließenden Käseplatte versucht, jede einzelne Geschmacksnuance der kostbaren Nahrung kognitiv zu sezieren und aufzuarbeiten.

P: Boah Mäci, des wär‘s jetzt, ha?

T: Ich verschwende meine Zeit mit Ihnen, Herr Pfingstl. Es ist hoffnungslos!

P: Was denn?

T: Sie verhalten sich wie ein intellektueller Geisterfahrer, der sehenden Auges ins Verderben rast! Merken Sie nicht, dass Sie dabei sind, einen Menschen zu verlieren, der Ihnen offensichtlich nicht einmal so viel bedeutet, dass Sie auch nur annähernd versuchen, an Ihrer Denkweise zu arbeiten?

P: Ich liebe meine Lisl!

T: Sie sagen, dass Sie sie lieben, aber glauben Sie, dass sie sagen würde, dass sie sich von Ihnen geliebt fühlt?

P: ...

T: Glauben Sie, dass Ihre Frau sagen würde, dass ihr Mann sie über alles liebt und wirklich alles versucht, um sie zurückzugewinnen? Glauben Sie das, Herr Pfingstl?

P: Wahrscheinlich nicht, nein.

T: Dann tun Sie was dagegen!
Zu sagen, dass man jemanden liebt und die Tatsache, dass die andere Person sich dann auch tatsächlich geliebt fühlt, sind zwei Paar Schuhe, die unterschiedlicher nicht sein können! Kennen Sie die „Jesus liebt dich"-Aufkleber auf den Autos?

P: Ja, kenn ich.

T: Und?

P: Was und?

T: Ja, fühlen Sie sich von Jesus geliebt?

P: Ich? Na!

T: Sehen Sie, dann wissen Sie jetzt ungefähr, wie es Ihrer Frau mit Ihnen geht!

P: Das ist ein kompletter Schwachsinn! Sie vergleichen da ja Äpfel mit Birnen! Ich lass mir sicher nicht von Ihnen unterstellen, dass ich meine Lisl nicht liebe! Und außerdem kann i mit dem ganzen katholischen Verein voller Kerzenschlucker sowieso nix anfangen! Ganz ehrlich, das ist nix anderes als eine gut geführte Firma, die auf der ganzen Welt versucht, unter dem

Deckmantel Hoffnung die armen Leute auszunehmen. I bin da sowieso scho lang nimmer dabei! I man, wie komm ich dazu? Erklären Sie mir bitte, warum ich einen Betrieb, der mehr Geld als genug hat, auch noch subventionieren soll, obwohl ich dort quasi nie hingehe und deren Angebote weder brauche noch nutze?

T: Unter diesem Aspekt sollten Sie Ihre Mitgliedschaft in unserem Fitnesscenter ausführlich überdenken!

P: Ha?

T: Verzeihen Sie, das war unsachlich.
Worauf ich hinauswill, ist die Tatsache, dass die von Ihnen vermeintlich gesendete Liebe nicht gleichermaßen so von Ihrer Frau empfangen werden muss. Es herrscht oft ein beträchtlicher Unterschied zwischen der gesendeten Nachricht und der empfangenen Botschaft, Herr Pfingstl. Die Tatsache, dass Ihre Frau fest entschlossen ist, sich scheiden zu lassen, untermauert das ja nur!

P: Aber da kann ich ja nix dafür!
Das ist ...

T: ... alles die Schuld von Ihrem Schwager, ich weiß! Mittlerweile kann ich mit an Sicherheit grenzender Wahrscheinlichkeit behaupten, dass das nur ein Mosaiksteinchen im Gesamtbild des Trennungswunsches Ihrer Frau darstellt. Ich meine, dass das lediglich der berühmte Tropfen zu viel war, der das Fass zum Überlaufen brachte, oder nicht? Sie haben es bis jetzt nicht zuwege gebracht, mir Ihre Unschuld bezüglich des Seitensprungs mit dem Bruder Ihrer Frau darzulegen, was mich merklich daran zweifeln lässt, wie Sie dies Ihrer Lisl gegenüber zu tun gedenken.

P: Ich hab schon verstanden! Ich versuch's amal.

T: Ich bitte darum!

P: Also es war so: Ich hab Ihnen ja erzählt, dass ich ab und zu meine Auszeit brauche und dann ins Puff gehe, wo aber nichts passiert!

T: Ihre Frei(er)zeit sozusagen.

P: So ist es. Und wenn ich dann a paar Stutzen zu viel gestemmt habe, schert's mi meistens nimma, dass i zu Fuß hamgeh.

T: Darum bestellen Sie sich ein Taxi, nicht wahr?

P: Richtig, und wer is an dem Abend wohl hinterm Steuer gsessen?

T: Ihr Schwager?

P: Exakt! Und der hat scho an Stand auf mi ghabt, bevor die Lisl und i überhaupt zammkommen sind!

T: Ihr Schwager ist homosexuell?

P: Warm wie a Surschnitzel.

T: …

P: Also, i komm mit leichter Schlagseite ausm Puff auße und lass mich gemächlich auf den Rücksitz fallen, als ich eine mir wohlbekannte Stimme vernehme, die mich „Und jetzt zur Lisl, nehm ich an?" fragt.

T: Puh …

P: So schnell wie i nüchtern war, kannst dich gar net ansaufen! Wissen Sie, wie schirch des is? Mein Schwager hat mir immer schon Avancen gemacht bei Familienfeiern et cetera und einmal zu Silvester war's schon so weit, dass ich ihm eine aufglegt hab, weil er ka Ruh geben hat. I man, der hat mir einfach während dem Raketenschießen auf mein Spatzi gegriffen, können Sie sich das vorstellen? Des is, des is …

T: Das ist sexuelle Belästigung! Sie hätten ihn anzeigen sollen!

P: Genau, is ja überhaupt net peinlich!

T: Was sollte daran peinlich sein? Das ist eine Straftat, die angezeigt gehört!

P: Ja sicher, ich ruf die Polizei an und sag: „Grüß Gott, da spricht Pfingstl, ich würde gern meinen Schwager anzeigen, weil er mir auf mein Spatzi gegriffen hat."

T: Vielleicht Penis anstatt Spatzi, ansonsten tadellos.

P: Da mach ich mich zum Deppen!

T: Ich verstehe, dass das innerfamiliär ein noch größeres Minenfeld an Komplikationen mit sich bringt, aber generell gehört jeder sexuelle Übergriff zur Anzeige gebracht. Egal, wer bei wem! Das ist eine Grenzüberschreitung, die nicht stattfinden darf!

P: Ja, ich versteh, was Sie meinen, aber glauben Sie mir, die Watschen, die ich ihm angraucht hab, hat er zu die Heiligen Drei Könige noch gespürt! Des war definitiv die bessere Alternative.

T: ...

P: Aber wurscht, des hilft mir olles nix! I sitz also im Taxi von meinem Schwager, der schon immer was von mir wollte und der filmt abwechselnd mich und den Puff-Eingang und lacht deppert vor sich hin. Da hab ich schon gewusst, dass ich jetzt fällig bin. Wenn ich net so viel getrunken hätt, dann hätt ich ihm gleich noch eine geschossen und ihm sein Handy weggenommen, aber das hätt ich in meinem Zustand nicht

mehr geschafft. Na ja, was soll i sagen ...
Er hat halt gsagt, dass er meinen ... na ja ... Also, er wollt meinen ...

T: Er wollte Sie oral befriedigen?

P: Ja.

T: Das ist Erpressung!

P: Ja, aber ich war total angsoffen, und er hätt sonst der Lisl das Video gschickt. Also hab ich mir gedacht, dass ich das schnell hinter mich bring. Also sind wir ausgestiegen und hinter das Puff gangen. Dort hab ich die Hose runterzogen und er hat ...

T: Unglaublich.

P: Ja, aber das war noch nicht das Schlimmste an der Geschichte, weil einen Monat später ist dann die Anzeige gekommen!

T: Welche Anzeige?

P: Na ja, mir war auch nicht klar, dass so ein Puff rundherum videoüberwacht ist, und somit haben wir uns eine Besitzstörungsklage eingefangen, weil wir eine sexuelle Handlung auf Privatbesitz vollzogen haben. Das Nummernschild von seinem Taxi ist wunderbar zu erkennen und wir, wie wir aussteigen, um die Ecke gehen und hinten ... Na ja, Sie wissen eh schon, was dort passiert ist. Und jetzt dürfen Sie raten, wer vier Wochen später den eingeschriebenen Brief öffnet?

T: Natürlich Ihre Frau!

P: Wissen Sie, wie die geschaut hat, wie sie unsere zwei Namen gelesen hat? Da glaubst zuerst, dass du im falschen Film bist!

T: Eine ganz schlechte Version von Brokeback Mountain!

P: Ha?

T: Nichts!

P: Wenigstens ist des Oaschloch seinen Job los. Das ist der einzige Trost, der mir bleibt.

T: Wenn man Ironie definieren möchte, hätte man hier ein beispielloses Exempel statuiert!

P: Ha?

T: Na ja, Sie haben keinen bezahlten Sex im Bordell, weil Sie Ihrer Frau nicht untreu sein wollen, bezahlen aber mit Ihrer Partnerschaft dafür, dass Sie am Puff-Parkplatz von Ihrem Schwager dazu genötigt werden, sich oral befriedigen zu lassen.

P: Ja, dass im Hafen der Ehe auch Kriegsschiffe vor Anker liegen, weiß man erst, wenn man schon eingelaufen ist.

T: Und nun?

P: Was, und nun?

T: Na, wie gedenken Sie, Ihr Handeln nun fortzusetzen?

P: Wie gedenke ich mein Handeln ... Jetzt hören Sie mir amal zu!

T: Ich bin ganz Ohr!

P: Ich komm da zu Ihnen in die Praxis, erzähl Ihnen meine intimsten Ängste und Sorgen, lass mich dafür von Ihnen verarschen, zahl Ihnen a Lawine dafür, dass ich net amal an Schnaps krieg, geschweige denn meinen eigenen trinken darf und jetzt soll ich mir auch noch selber die Antwort darauf geben, wie ich meine Lisl zurückgewinnen kann?

T: Wir machen große Fortschritte, Herr Pfingstl! Nun haben Sie zumindest das Grundprinzip verstanden, wie das hier abläuft.

P: Wollen Sie mich verarschen?

T: Nein, Herr Pfingstl, das schaffen Sie ganz ohne mein Zutun! Sie wollen Ihre Frau zurückgewinnen?

P: Ja!

T: Dann kriegen Sie ihren Arsch hoch und fangen Sie an, sich selbigen für Ihre Frau aufzureißen! Ob dieser Karren noch aus dem Dreck zu ziehen ist, kann ich aus meinem jetzigen Wissensstand nicht beurteilen, aber soweit ich aus Ihren Schilderungen schlussfolgern kann, haben Sie allen Grund dazu, sich täglich alle zehn Finger abzuschlecken, dass Sie noch mit so einer gütigen, herzlichen und in nahezu schon irrationalem Maße verständnisvollen Frau zusammenleben dürfen! Sie sagen, dass die Luft in Ihrer Beziehung heraußen ist?

P: Ja.

T: Dann entfachen Sie einen verdammten Hurrikan, in Gottes Namen! Seien Sie ehrlich, aufmerksam, zärtlich und hingebungsvoll! Vergessen Sie alles, was Sie über Ihr oder das Männlichkeitsbild im Allgemeinen glauben zu wissen, und fragen Sie Ihre Lisl, was für eine Art „Mann" sie sich denn wünschen würde!
Ich kann Ihnen nicht versprechen, dass Sie Ihre Frau davon abbringen können, die Scheidung einzureichen,

aber ich weiß, dass Sie es ihr und vor allen anderen sich selbst schuldig sind, alles in Ihrer Macht Stehende zu tun, um diese Beziehung zu retten. Sie haben ein gutes Herz, Herr Pfingstl. Lassen Sie es nicht durch Ihren falschen Stolz in Vergessenheit geraten.
Ihre Frau ist zu Recht verletzt und oft ist es dann so, dass man sich nichts sehnlicher wünscht, als dass der andere einen Schritt auf einen zu macht, da man selbst nicht dazu fähig ist.

P: Ich hab mich eh sofort entschuldigt bei ihr!

T: Herr Pfingstl, man bittet (!) um Entschuldigung! Eine Entschuldigung ist eine Bittstellung und keine Feststellung!

P: ...

T: Ob Ihnen verziehen wird oder nicht, haben nicht Sie zu entscheiden und wenn man mit „Ich hab mich eh sofort entschuldigt" argumentiert, tut einem die begangene Tat offenkundig zu wenig leid.
Geben Sie Ihrer Frau die Zeit, die sie braucht, um sich mit Ihrer Tat und der ihr entgegengebrachten Reue auseinanderzusetzen und versuchen Sie zu verstehen, dass Sie womöglich nicht verstanden werden!

P: Das heißt, dass ich mich für die Lisl bessern soll. Einfühlsamer sein soll, liebevoller und den ganzen Quargel. Mich darüber hinaus bei ihr dafür entschuldigen soll, dass mich IHR Bruder dazu erpresst hat, dass ich die Hosn owelass?
Und nach all dem kann es durchaus sein, dass ich trotzdem allein dasteh?

T: Das ist aus meiner Sicht eine sehr realistische Einschätzung Ihrer Situation.

P: Fix net!

T: Pardon?

P: Fix nicht! Fahrt bei Ihnen der Lift net ganz auffi? Es wird doch wohl noch eine Alternative dazu geben, dass ich mich komplett verändern muss, alle Schuld auf mich nehme und dann vielleicht trotzdem alleine dastehe! Stellen Sie sich das vor! Das macht mir Angst! Ich, ganz allein! Na, des geht net! Bitte machen Sie ein Fenster auf, ich bekomme keine Luft mehr!

T: Die Fenster sind geöffnet, Herr Pfingstl.

P: Dann machen Sie sie gefälligst zu, da herinnen ist es eiskalt.

T: Herr Pfingstl, beruhigen Sie sich. Sie erfreuen sich bester physischer Gesundheit, soweit ich das beurteilen kann. Sie haben lediglich Angst davor, dass es niemand anderen außer Ihnen gibt, dem Sie die Schuld für den möglichen Verlust Ihrer Ehe zuschieben können. In gewisser Weise beneide ich Sie sogar dafür, Herr Pfingstl. Bei einem Konflikt zerschmettern Sie alle vorhandenen Spiegel, um nicht reflektieren zu müssen, was zur Folge hat, dass die Lösung für den aufkeimenden Disput keinesfalls von Ihnen kommen kann und wird.
Das ist eine äußerst bequeme Haltung, da Sie so nie von Ihrem Kurs abweichen müssen, geschweige denn rhetorisch zurückrudern. Unweigerlich verschlimmern

Sie dadurch die brodelnden Probleme natürlich nur und multiplizieren sie sogar mit dem Faktor der Renitenz, was Ihr Gegenüber nur noch müder werden lässt, an dieser Beziehung festzuhalten.
Ich glaube, dass sich Ihre Lisl schon eine sehr lange Zeit gewünscht hat, dass sich ihr Mann intensiv mit sich selbst beschäftigt und zu begreifen versucht, dass er ohne Selbstreflexion keine weitere Option für eine Partnerschaft darstellt.

P: Wie meinen Sie das?

T: Na ja, überlegen Sie Herr Pfingstl. Warum sitzen Sie denn hier bei mir?

P: Warum ich da bei Ihnen sitze?

T: War es Ihre Idee hierherzukommen oder die Ihrer Frau?

P: Natürlich war es meine Id ...

T: Herr Pfingstl!

P: Ja, okay, es war ihre Idee! Angerufen hab ich aber selber!

T: Ich glaube tatsächlich, dass Sie ein gutes Herz haben, Herr Pfingstl. Sie müssen nur anfangen, es auch zu benützen und ferner, es auch selbst benützen zu wollen.
Es steht Ihnen frei, Ihre Partnerschaften so auszuleben und zu erleben, wie Sie es für richtig halten. Jedoch meine ich, dass Sie, um diese eine Beziehung, mit

Ihrer Lisl, halten zu können, grundlegend etwas ändern müssen.

P: Okay.

T: Schauen Sie, es ist keineswegs hoffnungslos.

P: Ist es nicht?

T: Nein, wenn Ihre Frau sich bereits dazu entschieden hätte, Sie auf Nimmerwiedersehen zu verlassen, hätte sie Sie nicht dazu animiert, zu mir zu kommen, oder?

P: S‘ richtig.

T: Eben. Sie hat Ihnen eine Chance gegeben, Ihnen selbst eine Chance zu geben. Das ist doch etwas Schönes, oder?

P: Darf ich Sie was fragen?

T: Alles, was Sie wollen.

P: Wann weiß man, ob man die richtige Frau gefunden hat?

T: Für Liebe gibt es keine Garantie, Herr Pfingstl, aber ich kann Ihnen eine Anleitung darlegen, der ich folge, wenn es um meine Partnerwahl geht.

P: Her damit!

T: Ich denke, dass sich erst, wenn der Alltag Einkehr hält, wirklich herauskristallisiert, welche Beziehung

Bestand hat und welche zum Scheitern verurteilt ist. Hierbei geht es vordergründig um die Kompromissbereitschaft der beiden Protagonisten. Wie viel bin ich bereit zu geben und was erwarte ich, dafür zu bekommen? Sobald sich hierbei eine Asymmetrie entwickelt, respektive ein Teil sich nicht ausreichend wertgeschätzt fühlt, keimen unweigerlich Konflikte auf.

P: Was heißt nicht ausreichend wertgeschätzt?

T: Jeder Mensch will geliebt werden. Jeder. So wie jeder Mensch wertgeschätzt werden will. Selbstverständlich kann man ohne Liebe wertgeschätzt werden, aber glauben Sie, dass man ohne Wertschätzung geliebt werden kann? Ich meine, dass das unmöglich ist. Worauf ich hinauswill, ist die Tatsache, dass Menschen manchmal vergessen, dass Liebe nur aus Liebe entstehen kann.
Wer nicht liebt, kann nicht geliebt werden. Zumindest nicht für lange Zeit. Etwas kühl formuliert, könnte man es als ein Einzahlen von Emotionen und Taten auf ein gemeinsames Konto der Liebe bezeichnen. Wenn man gibt und gibt und aber merkt, dass vom Partner nichts dazukommt, wird man vor die Frage gestellt, ob diese Partnerschaft für einen rentabel ist. Einige Individuen sind da sehr schmerzbefreit und beenden voreilig eine Beziehung, ohne auch nur den Versuch zu unternehmen, durch eine Darlegung ihrer Unzufriedenheit ein Weiterführen der Partnerschaft möglich zu machen. Diese Menschen wollen oder können sich nicht tief genug auf eine andere Person einlassen, weil sie beim leisesten Anzeichen von Konflikten lieber das Weite suchen, als dass sie in

Kauf nehmen, dass eine Gemeinschaft auch Arbeit bedeutet. Somit vermeiden sie, reflektieren zu müssen und können mit einem hohen Verschleiß von Lebensabschnittspartnern dieselben Fehler immer wieder begehen.
Es gibt aber auch das andere Extrem, dass es jemand einfach nicht zustande bringt, seiner Unzufriedenheit Ausdruck zu verleihen, und teils über viele Jahre hinweg weiter in einer unglücklichen Beziehung dahinvegetiert. Oft ist es die Angst davor und manchmal sogar die Unfähigkeit allein zu sein, die die Menschen lieber in einer tristen Eintracht verweilen lässt, in der sie sich auskennen, als dass sie sich mit einer ungewissen Zukunft konfrontieren, in der sie allein ihres Glückes Schmied sind.
Wenn dann schlussendlich der berühmte Tropfen zu viel das Fass zum Überlaufen bringt und sie in letzter Instanz doch stark genug sind, um einen endgültigen Schlussstrich zu ziehen, erkennen sie, dass sie sehr viel Zeit verloren haben, in der sie Möglichkeiten gehabt hätten, ihr Glück zu finden.

P: Besser ein Ende mit Schrecken als ein Schrecken ohne Ende.

T: Sie sagen es, Herr Pfingstl!

P: Aber woher weiß man, dass man sich trennen soll?

T: Ich denke, dass man fühlt, ob einem die Partnerschaft ausreichend viel Glück verleiht oder nicht.

P: Aber wenn der Partner einem nichts getan hat, kann man doch nicht einfach Schluss machen.

T: Und wie man das kann!

P: Das ist aber gemein!

T: Nein, gemein wäre es, ein schlechter Partner zu sein! Oft hindert einen die Angst vor dem schlechten Gewissen daran, einen Schlussstrich zu ziehen. Man will nicht sehen, was man einem Menschen antut und vermeidet so, damit konfrontiert zu werden, dass man für das Unglück einer anderen Person verantwortlich ist. Aber man ist weder für das Glück noch für das Unglück seines Gegenübers zuständig. Wir sind lediglich in der Lage, die jeweiligen Gefühlslagen des anderen positiv oder negativ zu beeinflussen. Glücklich muss jeder von allein werden.

P: Sind Sie glücklich vergeben?

T: Mein Beziehungsstatus sowie der Glücksanteil desselbigen sind für unser Gespräch völlig irrelevant, Herr Pfingstl!

P: Überhaupt net!
Sie können ja net einfach über so ein kompliziertes Thema ohne Punkt und Komma referieren und dann selbst keine Ahnung davon haben, wovon Sie reden!

T: Ich habe sehr wohl Ahnung, wovon ich rede, Herr Pfingstl!

P: Des is ja das Allerbeste! Wahrscheinlich sind Sie Single, oder?

T: Herr Pfingstl, mäßigen Sie Ihren Ton!

P: Erzählt da was von „zärtlich und hingebungsvoll“ und „man bittet um Entschuldigung“, aber daham liegt am Esstisch nur a Untersetzer. I glaub, i spinn ...

T: Herr Pfingstl, ich weiß sehr wohl, wovon ich rede, selbst wenn ich mich in keiner festen Partnerschaft befände! So wie ein Historiker nicht den Zweiten Weltkrieg erlebt haben muss, um ihn ausreichend skizzieren zu können! Aber wenn die Tatsache, dass ich vergeben bin, Ihre Skepsis über meine beruflichen Fähigkeiten schrumpfen lässt, dann bitte sehr: Ja, ich bin vergeben!

P: Das war nicht die Frage!

T: Pardon?

P: Ich habe Sie gefragt, ob Sie glücklich vergeben sind.

T: Ich versuche es Ihnen hiermit noch einmal in aller Deutlichkeit zu erklären, dass, was auch immer die Licht- und Schattenseiten meines Seelenlebens betrifft, in keinster Weise auf unseren Dialog Einfluss haben kann, darf und wird! Wenn Sie nicht fähig sind, das zu akzeptieren, muss ich Sie bitten, meine Praxis zu verlassen!

P: Ruhig, Brauner! Jetzt brauchen S‘ ja net glei so schirch werden zu mir. Is ja okay. I sag nix mehr.

T: Sehen Sie, was gerade passiert ist?

P: Ja, Sie san sofort auf Hundert, wenn‘s net so rennt, wie Sie wollen!

T: Nein, anstatt sich weiter mit Ihren Unzulänglichkeiten zu befassen und einen Ergründungsversuch zu unternehmen, ob Ihre Liebe stark genug ist, um Ihre Ehe zu retten, haben Sie es stattdessen vorgezogen, die Konzentration auf mich und mein Liebesleben zu lenken. Sie verlagern Ihre Probleme, anstatt sie anzupacken.

P: Ich versuch es ja eh!

T: Es hat für mich nicht den Anschein, als wären Sie in Ihrem Unterfangen von nahezu krankhaftem Ehrgeiz zerfressen!

P: Kein Meister ist je vom Himmel gefallen!

T: Siehe Baumgartner ...

P: Ha?

T: Irrelevant. Sofern Sie die Dringlichkeit Ihres Handelns nicht erkennen können, sehe ich schwarz für die Zukunft mit Ihrer Lisl.

P: Bitte glauben Sie nicht, dass mir des olles wurscht is! Ich will sie wirklich nicht verlieren, aber des is olles viel leichter gesagt als getan. Schauen Sie, ich komme aus einfachen Verhältnissen ...

T: Was Sie nicht sagen.

P: Ha?

T: Weiter!

P: Wir haben nie über irgendwelche Schwächen oder Ängste geredet. Wer geweint hat, war a Schw …

T: Herr Pfingstl!

P: Man war ein Außenseiter, wenn man Gefühle gezeigt hat, und ausgelacht is ma auch worden. Des hob i damit gmant. Wenn‘st great host, host verlorn ghabt. So wie Burschen hoit san in dem Alter. Wer am meisten vertragt, die meisten Mädels hat und as meiste Geld eingsteckt, is der Leiwandste. Fertig.

T: Es verlangt niemand von Ihnen, dass Sie sich bei Ihrer Frau ausheulen müssen.
Ich glaube, dass ihr ein wenig mehr Emotionalität für den Anfang schon reichen würde.
Aber kommen wir nochmal auf Ihre Pubertät zu sprechen, Herr Pfingstl.

P: Fix net!

T: Pardon?

P: Des kennan S‘ glei vergessen! Dann haast‘s irgendwann, dass i mit meiner Mutter schlafen will und meim Vater was abschneiden!

T: Ich stimme Ihnen voll und ganz zu, dass wir für heute das Maß an exotischen sexuellen Experimenten in Ihrem näheren familiären Umfeld bereits mehr als nur ausgeschöpft haben. Jedoch kann ich Ihnen versichern, dass Sie in diesem Zusammenhang etwas grundlegend sehr falsch verstanden haben und wir, sollten Sie mir tatsächlich von Ihrer Jugend erzählen wollen, noch immer beeindruckend weit von inzestuösen Handlungen sowie einer väterlichen Genitalverstümmelung entfernt sind.

P: Da gibts nix zum Erzählen. Fertig.

T: Herr Pfingstl, es ist offensichtlich, dass Sie hier eine pubertäre Last mit sich herumschleppen, die geradezu darauf wartet, von uns beiden entladen zu werden. Sie sagen, dass Sie Ihre Lisl zurückgewinnen wollen?

P: Mhm ...

T: Dann helfen Sie mir, Ihnen zu helfen!

P: ...

T: ...

P: Na ja, des mit Pubertät is gar net so unrichtig.

T: Dass Sie eine adoleszente Geißel züchtigt, die ein emotionales Durchatmen zur schier unüberwindbaren Mühsal werden lässt?

P: ...

T: ...

P: Des mit der Pubertät is gar net so unrichtig!

T: Hervorragend, weiter!

P: Na ja, wie soll i sagen, ich war, mein Gott na, ma könnt sagen, so was wie ein Spätzünder.
T: Besser Spätzünder als Spätsünder, sag ich immer!

P: Ha?

T: Pardon, bitte fahren Sie fort!

P: Na ja, meine Freunde haben halt alle schon Mädels gehabt, so mit 18, 19. Manche von denen a mit ana fixen Beziehung und a paar haben sogar schon ans Heiraten dacht. Und bei mir hat sich's irgendwie nie ergeben, dass i intimer worden bin mit aner Frau, weil i halt nüchtern immer auf der schüchternen Seiten war und leider Gottes hab ich's dann oft amal übersehen. Soll heißen, dass ich, wenn es dann zum Schna ..., also zum Beischlaf, gekommen wäre, schon so einen Dampf ghabt hab, dass diese Unterfangen manchmal von weiblicher Seite, manchmal auch von meiner Seite und sehr oft in beiderseitigem Einverständnis abgebrochen wurden.
Aber irgendwann is ma anfoch zu alt, als dass ma vor die Freund sagt, dass ma noch Jungfrau is, verstehen Sie? Ich hab Ihnen ja erzählt, dass ma bei uns scho ane gfangen hat, wenn man nur a bissl näher am Wasser gebaut war. Wenn meine Spitz gwusst hätten, dass i mit 20 no immer Jungfrau war, die hätten mi aufghängt!

T: Das muss ja ein immenser Druck gewesen sein, der da auf Ihnen gelastet hat.

P: Ja, in zweierlei Hinsicht!

T: Es wäre zu schön gewesen ...

P: Ja, sicher war des alles net leicht für mich!

T: Was haben Sie dagegen getan?

P: Das einzig Richtige, was man in so einer Situation tun kann: gelogen, getäuscht und gegaukelt! Ich hab

Treffen mit Mädels erfunden, Frauen aus Zeitschriften ausgschnitten und mir ins Geldtascherl pickt und mir mitn Staubsauger Knutschflecken gmacht.
Ich bin einmal sogar allein für a Wochenende nach Portorož gfahren, hab dort für a Doppelzimmer bezahlt und die Rezeptionistin gebeten, mit mir ein Foto zu machen.
Irgendwann hat des dann so eine Eigendynamik entwickelt, dass es kein Zurück mehr gegeben hat und i net mehr gewusst hab, wie ich aus der Nummer rauskomm! Wahrscheinlich hab ich dann auch ein bisserl übertrieben, was die Häufigkeit an Schäferstündchen mit meinen imaginären Freundinnen betroffen hat.

T: …

P: Also, net wahrscheinlich, sondern ganz sicher, weil ich irgendwann als ein solcher Weiberheld verschrien war, dass mich sogar meine Freunde teilweise um Rat gefragt haben, obwohl ich ja keine Ahnung gehabt habe.
Sie müssen sich vorstellen, dass ich jedes Magazin, was den weiblichen Körper auch nur irgendwie behandelt hat, verschlungen hab, um mit Fachwissen zu glänzen: Was ist die richtige Technik bei aktivem Oralsex, wie kommt es zur weiblichen Ejakulation oder wie kann man eine Frau einzig und allein durch die Stimulation ihrer Kniekehle zum Höhepunkt bringen. Ich war quasi ein wandelndes Leck-sie-kon … verstehen Sie? Leck-sie-k …

T: Achtung, Wortwitz, ich verstehe.

P: Aber irgendwann hab ich gwusst, dass mein falsches Spiel auffliegen wird oder muss, weil wenn ich auch nur irgendwie mit einer Frau angebandelt hätt, die in unserem Freundeskreis bekannt gewesen wär, würd die beim ersten Mal sofort merken, dass ich von der Praxis keine Ahnung gehabt hab und hätt mich fix vor allen aufblattelt. Sie müssen sich vorstellen, dass ich als Weiberheld verschrien war! Ich! So schnell hätt ich gar nicht schauen können, wie sich alle wie die Aasgeier auf mich gestürzt hätten.

T: Das ist wohl wahr. Wer den Schaden hat, braucht für den Spott nicht zu sorgen.

P: Mein mühsam aufgebauter Ruf wäre ein für alle Mal ruiniert gewesen und dann hätt ich wahrscheinlich nie eine gefunden.

T: Was ist dann passiert?

P: Na ja, dann hab ich die Lisl kennenglernt. Ich weiß es noch, als wär‘s gestern gwesen. Faschingsdienstag, Hauptplatz Graz, beide a Raketen im Helm, dass die Hälfte greicht hätt.

T: Pardon?

P: Wir waren ob des ausufernden Alkoholkonsums gesetzlich nicht mehr berechtigt, ein motorisiertes Vehikel zu lenken.

T: Na bumm!

P: Des war unser Standardspruch damals, von mir und meine Freind!

T: Beeindruckend ...

P: Also, jedenfalls bin i dort mit meine Spitz und die Lisl stellt sich mit ihre Mädels zu uns zum Spritzerstandl. Sie war als Chinesin verkleidet, weil sie so auf die Yoko Ono gstanden is, und i bin gangen als Edward mit den Scherenhänden.

T: Sie war Japanerin.

P: Ha?

T: Yoko Ono war Japanerin.

P: Is mir doch wurscht, wo die her war! Das Wichtige bei der Gschicht is, dass sie glaubt hat, dass i als John Lennon geh!

T: Wie in aller Welt kann man Edward mit den Scherenhänden mit John Lennon verwechseln?

P: Es war jetzt nicht das ausgetüfteltste Kostüm meinerseits. Da muss ich sie in Schutz nehmen.

T: Soll heißen?

P: I hab a schwarze Perücke aufghabt und mir a Monat die Fingernägel net gschnitten. Is ja völlig wurscht jetzt!
Ich stell ihr also a Mischung hin und was kommt aus die Boxen, wie ich ihr mit meinem charmantesten Lächeln zuproste? Ob-La-Di, Ob-La-Da! Na, mehr hats net braucht. Dann hamma a paar Klopfer, zwei Enzianschnaps und an Vanillekrapfen mit Schuss nachglegt und irgendwann samma dann ham zu ihr. Da hab ich gwusst, dass es jetzt gleich passieren wird. Mein erstes Mal!
Es war perfekt, wissen Sie: Sie hat niemanden aus meinem Freundeskreis gekannt und umgekehrt auch nicht.
Beide hamma ordentlich Schlagseiten ghabt, aber ich war weit nicht auf ihrem Level.

T: Wie meinen Sie das?

P: Na ja, i war wie a Mopedauto, des in Schlangenlinien vom Buschenschank hamfahrt und sie wie a Kreizfahrtschiff, des im Bosrucktunnel Biodiesel tanken will. Des haast, i hab gwusst, dass falls ich im Bett versagen sollte, i mi immer noch darauf hinausreden könnte, dass sie alles falsch in Erinnerung hat, weil sie so rauschig war. Wurscht. Jedenfalls hätt‘s für mich gar nicht besser laufen können, dass sie sich so schirch wegbrennt.

T: Was ist dann passiert?

P: Na ja, Glück im Unglück, hätt i gsagt. Wir starten heim zur Lisl und fangen mit dem Vorspiel an und grad wie ich innerlich tausend Tode sterbe, dass ich das Feuerwerk nicht zu früh entzünde, wenn Sie verstehen, was ich meine ... ZACK!

T: Wie ZACK?

P: Na ja, eingschlafen is sie in ihrem Rausch. Einfach aus dem Nichts in einen komatösen Tiefschlaf gefallen, der kleine Schluckspecht. Aber das Beste kommt erst: Ich war natürlich auch nicht mehr ganz nüchtern und Bus is um die Uhrzeit keiner mehr gfahren. Also hob i ma dacht, dass i a glei dort schlaf, weil Geld fürs Taxi hob i a kans mehr einstecken ghobt.

T: Sehr pragmatisch.

P: So bin ich! Also leg i mi neben die Rauschkugel hin und schlaf gemütlich ein. Am nächsten Tag, das müssen Sie sich vorstellen, wacht die Lisl auf, küsst mich zärtlich auf die Stirn und bedankt sich bei mir für die wundervolle Nacht! Im ersten Moment hab i mi gar net auskennt, aber i hab in ihrem Gsicht gesehen, dass sie des ernst mant. So was habe sie noch nie mit einem Mann erlebt und als wär des no net genug, fragt sie mich tatsächlich, „ob ich nicht auf eine baldige Wiederholung Lust hätte“! Können Sie sich das vorstellen?

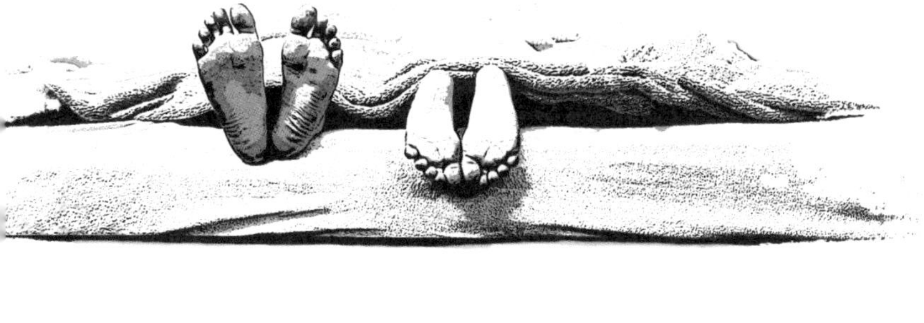

T: …

P: I waß net, was die träumt hat, aber es muss ein unterleibsrabiates Inferno gewesen sein, das ich da entzunden hab. Egal was es war, es hat jedenfalls irgendwie an Schalter bei mir umglegt und ich hab mei Angst davor, das erste Mal mit einer Frau intim zu werden, komplett verloren, obwohl ich technisch gesehen immer noch Jungfrau war!

T: Die unbefleckte Empfängnis des Herren Pfingstl!

P: Amen! Beim zweiten und dritten Mal hat dann alles eigentlich ganz gut hinghaut beim Sex.
Also unter uns gesagt, es war jetzt keine Meisterleistung, aber ohne anzugeben, durchaus unteres Mittelmaß.

T: Wie gings dann weiter zwischen Ihnen?

P: Na ja, sie hat meine Freunde kennengelernt und umgekehrt, wie ma eine Beziehung halt beginnt. Man lernt sich und sein Umfeld kennen. Und dann nach a paar Wochen hats mi wie a Schlag troffen.

T: …

P: Mein Ruf als Hallodri war ja weitgehend bekannt und dank meiner Freunde schnell kein Geheimnis für die Lisl. Sie hat des aber ganz entspannt genommen und mir diesbezüglich nie Vorwürfe gemacht.

T: Was ein äußerst reifer Zug von ihr war!

P: Ja, aber wissen Sie, warum sie des so locker gsehn hat?

T: Sagen Sie es mir, Herr Pfingstl.

P: Weil sie selber no viel ärger drauf gewesen is als ich! Können Sie sich des vorstellen? Die hat no mehr herump ... Geschlechtsverkehr ghabt als ich!

T: Was mit der kleinstmöglichen natürlichen Zahl an Sexualpartnern nicht besonders schwierig ist, oder?

P: Des hat sie ja net wissen können, dass sie mei Erste war!

T: Damit ich Sie richtig verstehe, Herr Pfingstl: Das heißt, Sie halten Ihrer Frau vor, dass sie Ihre vermeintliche Promiskuität toleriert, obwohl sie in Wirklichkeit frei erfunden ist, können aber im Gegenzug die bewegte Vergangenheit Ihrer Frau nicht akzeptieren, obwohl sie real ist?

P: Genauso ist es! Endlich versteht mi einer! Boah, Sie sind Ihr Geld wirklich wert! Wissen Sie, wie gut des tut, endlich einmal verstanden zu werden?

T: Abgesehen davon, dass ich Sie an Ihre Vernunft appellierend anflehe einzusehen, wie paradox Ihr Gedankengang ist, vermute ich stark, dass Sie einen sexuellen Neid gegenüber der koitalen Vergangenheit Ihrer Frau verspüren, Herr Pfingstl.

P: ...

T: …

P: Glauben Sie?

T: Ja, das glaube ich, Herr Pfingstl. Dass Ihre Frau den Beischlaf betreffend viel erfahrener ist als Sie es sind, empfinden Sie als unmännlich, weil Sie, wie viele andere Männer, dem leider immer noch weitverbreiteten „admire-the-stud-and-despise-the-slut"-Denken erlegen sind.

P: Dem was, bitte?

T: Wenn ein Mann mit vielen Frauen schläft, ist er ein Hengst. Wenn aber eine Frau mit vielen Männern schläft, ist sie eine Schlampe. Ein leider immer noch viel zu vitales Überbleibsel einer patriarchalen gesellschaftlichen Denkweise, die weibliches sexuelles Selbstbewusstsein als angsteinflößend empfindet und daher versucht, Selbiges zu diffamieren.
In Ihrem konkreten Fall hat das natürlich auch mit Besitzansprüchen gegenüber Ihrer Partnerin zu tun, da Sie sie nicht „teilen" wollen, respektive die Vorstellung, dass Ihre Lisl bereits mit mehreren anderen Männern Geschlechtsverkehr hatte, Sie in einen koitalen Konkurrenzkampf mit Ihren „Vorgängern" bringt.

P: …

T: Ich muss nicht erwähnen, dass dieser im wahrsten Sinne des Wortes, entschuldigen Sie mein Französisch, Schwanzvergleich jedweder Logik entbehrt und Sie ausschließlich daran hindert, die intimen Momente

mit Ihrer Lisl noch mehr zu genießen.
Ich verstehe natürlich, dass eine Vielzahl an sexuellen Vorfahren gerade für einen Mann mit Ihren Denkweisen vielleicht etwas einschüchternd sein kann, zumal sich Ihre Frau den Körper ihres Mannes bis dato lediglich mit ihrem Bruder teilen musste.

P: Is olles in der Familie blieben, sozusagen.

T: Das ist wohl wahr! Herr Pfingstl, ich muss Ihnen ein Lob aussprechen! Das, was Sie in der letzten Stunde von sich preisgegeben haben, hat mir nicht nur geholfen, Sie besser zu verstehen. Ich meine, dass es Ihnen dabei geholfen hat, sich selbst besser zu verstehen.

P: ...

T: Ist Ihnen nicht etwas leichter ums Herz?

P: Vielleicht a bisserl, ja.

T: ...

P: Ja, okay. Schon, muss ich zugeben.

T: Denken Sie an Ihre geistige Haltung, wie Sie diesen Raum betreten haben, und Ihren jetzigen Gefühlszustand, wenn Sie ihn nun verlassen werden.

P: Samma scho fertig?

T: Sie haben Großartiges geleistet in dieser Sitzung und ich bin guter Dinge, dass Sie von Ihrer Lisl noch eine Chance bekommen werden, wenn Sie zu ihr so offen über Ihre Vergangenheit sprechen wie mit mir.

P: Sie meinen, dass ich ihr sagen soll, dass sie mei Erste war?

T: Ja, das meine ich, Herr Pfingstl. Je ehrlicher der Umgang mit Ihrer Frau ist, desto herrlicher wird der Umgang mit Ihrer Frau!

P: Aber was is, wenn sie mi dann erst recht verlasst, wenn i ihr sag, dass alles, was sie bis jetzt über die sexuelle Vergangenheit ihres Mannes geglaubt hat zu wissen, erstunken und erlogen war?

T: Glauben Sie mir, Herr Pfingstl. Wenn man es so lange mit einem Kaliber wie Ihnen ausgehalten hat, bringt diese Tatsache das Schiff auch nicht mehr zum Kentern!

P: Des heißt, dass wenn ich ihr die ganze Wahrheit erzähle, wird olles wieder gut?

T: Das kann ich Ihnen leider nicht versprechen, aber es ist meines Erachtens nach Ihre einzige Chance, das Fundament Ihrer Ehe, das Sie durch falschen Stolz, falsche Werte und definitiv falsche Freizeitgestaltung in mühevoller Kleinstarbeit beschädigt haben, durch Vertrauen und Ehrlichkeit wieder zu restaurieren.

P: …

T: Schauen Sie, Herr Pfingstl, egal was aus Ihnen beiden wird, glauben Sie nicht, dass Sie sich besser fühlen werden, wenn Sie für sich selbst wissen, dass Sie zumindest alles versucht haben, um zu retten, was zu retten ist? Ungeachtet dessen, wie die Liebesgeschichte mit Ihnen und Ihrer Lisl ausgehen wird, Sie wissen, dass Sie die Karten auf den Tisch gelegt haben und offen und ehrlich zu ihr und vor allem auch zu sich selbst waren. Und war das nicht der Grund, warum Ihre Frau insistiert hat, dass Sie zu mir kommen?

P: Das klingt olles sehr vernünftig. Leider. Wenn's nur net so schwer war.

T: Denken Sie daran, wie ungleich viel schwerer es wäre, es nicht zu tun. Sie wären auch nicht glücklich.

P: Hm ...

T: ...

P: Sie haben Recht.

T: Ich weiß.

P: Ich werd's probieren und kann eh nur das Beste hoffen.

T: Das freut mich zu hören, Herr Pfingstl. Ich glaube an Sie!

P: Wenigstens ane.

T: Sie machen das schon!

P: Na ja, dann hoff ich amal, dass wir zwei uns nicht so schnell wiedersehen.

T: Glauben Sie mir, Herr Pfingstl, die Hoffnung ist ganz meinerseits!

P: Haha!

T: Ich wünsche Ihnen viel Erfolg und kommen Sie gut nach Hause! Und beim nächsten Mal, Herr Pfingstl: Net groß vom Hamdrahen reden, wenn's Hamgehen schon schwerfällt. Gö?

P: Is in Ordnung. Ich sag danke, Frau Doktor.

T: Gern geschehen. Auf Wiedersehen!

P: Auf Wiederschauen!

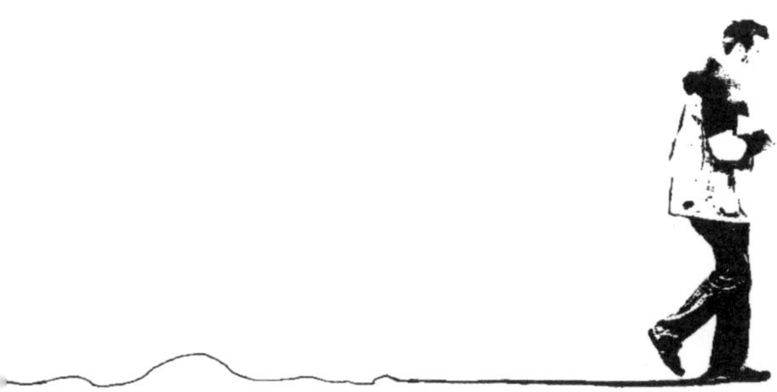